Actrice Dominante

Collection de domination érotique

Erika Sanders

1

Actrice Dominante

Erika Sanders

Collection de domination érotique

Synopsis

Le père d'Angie est propriétaire d'un vieil hôtel.

Un grand studio hollywoodien veut tourner des scènes d'un film d'horreur à l'hôtel.

Angie rencontrera son actrice idole, Helga, qui est une lesbienne secrète Domina...

Actrice Dominante est un roman à fort contenu BDSM érotique et, à son tour, un nouveau roman appartenant à la collection Erotic Domination, une série de romans à fort contenu BDSM romantique et érotique.

(Tous les personnages ont 18 ans ou plus)

Remarque sur l'auteure:

Erika Sanders est une écrivaine de renommée internationale, traduite dans plus de vingt langues, qui signe ses écrits les plus érotiques, loin de sa prose habituelle, de son nom de jeune fille.

Indice

ACTRICE DOMINANTE
ERIKA SANDERS

CHAPITRE I

Le père d'Angie était propriétaire de l'ancien hôtel.

C'était quelque chose de petit. Seulement 5 étages. Il appartenait à sa famille depuis plusieurs générations. Le père d'Angie a vécu là-bas pendant qu'il dirigeait l'endroit et Angie a également grandi là-bas.

Après avoir brièvement déménagé à l'université, Angie était retournée à l'hôtel tout en cherchant son propre emploi. Il était toujours heureux d'aider son père et aimait rencontrer de nouvelles personnes ici. L'autre avantage était qu'elle pouvait vivre gratuitement dans une belle chambre.

Un jour, Angie s'ennuyait derrière le comptoir. Elle a lu un blog de mode sur son téléphone pour passer le temps.

Cela a changé lorsque son père s'est approché d'elle avec un sourire sur son visage.

"J'ai une surprise," dit-il.

Elle le regarda avec une expression ennuyée. « Plus de courses à faire ? »

"Ne soyez pas sarcastique. J'ai une grande nouvelle et j'ai attendu que les choses soient confirmées avant de pouvoir vous le dire. Un grand studio hollywoodien veut tourner des scènes pour un film ici. Ils ont regardé notre hôtel et ont décidé que tout allait bien."

Elle a été prise de court. « Wow. Comment se fait-il que je ne sois pas au courant ?

"Le réalisateur est venu il y a quelques mois pour faire du repérage alors que vous étiez encore à l'université. Ça va être un film d'horreur."

« Qui est le réalisateur ?

"Devinez quoi. C'est quelqu'un qui est apparemment très célèbre."

Il posa son téléphone, intéressé. "Hmm... Eh bien, j'ai lu qu'il y avait plusieurs films d'horreur en développement. Est-ce Nolan ou Fincher ?"

« Un nommé Le Moreau. Avez-vous entendu parler de lui ?

Les yeux d'Angie s'agrandirent. « Vous avez dit Le Moreau ?

"Un type grand, un peu vieux, avec une grosse moustache. Il parle avec un accent français."

"Très cool ! Je pense que c'est un réalisateur incroyable. L'un des meilleurs qui ait jamais vécu."

"Alors j'ai entendu," répondit-il. "Quoi qu'il en soit, je viens d'avoir la confirmation. Ils seront ici le mois prochain pour un tournage de trois semaines. De nombreux acteurs et membres de l'équipe resteront ici pendant cette période également. Nous serons très occupés."

« Excellent pour les affaires. Savez-vous qui joue dedans ? Quelqu'un de célèbre ? »

Il sourit, "Une actrice peu connue nommée Helga. Cela vous semble familier?"

Les yeux d' Angie s'agrandirent encore plus. "S'il vous plaît, ne plaisantez pas comme ça. Je suis sérieux. Si c'est une blague, alors ce n'est pas drôle."

« Est-ce que tu plaisanterais sur quelque chose comme ça ?

« Tu te souviens quand tu m'as dit que tu m'avais acheté une licorne magique ? elle se souvint. "Je n'ai pas pu m'arrêter de pleurer quand j'ai découvert que ce n'était pas vrai."

« Angie, tu avais 12 ans. C'était il y a dix ans. Tu t'en souviens encore ?

"Certaines cicatrices ne guérissent jamais", dit-elle avec une joie de tourmenter son père aimant, d'une manière que seule une fille peut faire exprès.

"Eh bien, je vous dis la vérité."

Il attrapa le téléphone dans sa poche et le chercha. Il a ensuite montré à Angie une photo de lui avec Helga.

"Oh mon Dieu," haleta-t-elle. « Et Helga va rester ici ?

"Elle sera au dernier étage. La chambre de luxe."

« Pendant les trois semaines entières ?

"Tant qu'ils filment ici", a-t-il convenu. "C'est le plan."

« Pouvez-vous m'excuser pendant que je m'évanouis ?

CHAPITRE II

Helga était une vraie star de cinéma. Il a commencé comme une sensation adolescente grâce à une émission de télévision populaire.

Des années plus tard, Helga est devenue avec succès une actrice crédible. Il décroche de grands rôles au cinéma. Elle s'est aventurée loin des comédies pour lesquelles elle était connue et s'est concentrée sur des rôles dramatiques. Il ne fallut pas longtemps avant qu'elle ne devienne une icône de la mode et du box-office.

Il y avait des gros titres désagréables sur le comportement de diva d'Helga et des demandes farfelues. Mais ce n'était rien dont il ne pouvait pas se remettre. Tout ce dont elle avait besoin, c'était de quelques apparitions dans des talk-shows tard dans la nuit et elle ferait tomber le public amoureux d'elle. Avec sa personnalité et son joli visage, personne ne pouvait résister.

Elle était aussi lesbienne.

C'était son secret bien gardé. Seul un petit groupe de personnes était au courant. Le jeu d'Helga était de faire en sorte que ses fans féminines fassent ses enchères sexuelles. Et elle n'a jamais échoué.

CHAPITRE III

C'était le premier jour de tournage à l'hôtel. Helga avait déjà filmé la scène de l'arrivée. Quelques heures plus tard, ils ont filmé une autre scène où Helga entre pour la première fois dans sa chambre d'hôtel.

La salle utilisée pour le tournage a été remodelée par l'équipe de tournage pour lui donner un aspect plus rustique. Parfait pour un film d'horreur.

Pendant ce temps, Angie regardait avec admiration le travail de son idole. C'était un rêve devenu réalité de voir la grande Helga en action. Malheureusement, en raison d'une disposition contractuelle, personne d'autre que les membres de l'équipe n'a été autorisé à parler à Helga ou à lui demander des autographes. Une fois de plus, le comportement de diva de l'actrice était au rendez-vous.

Après le tournage, Helga est montée dans sa chambre de luxe au dernier étage.

Angie était éblouie en retournant dans le hall. Je n'arrivais toujours pas à croire que je regardais un film qui était en train d'être tourné. C'était un processus fascinant. En tant que cinéphile passionnée, elle adorait ça.

Puis il a vu son père avec une pile de serviettes.

"A quoi servent-ils ?" demanda Angie, connaissant déjà la réponse.

Il jeta un regard hésitant. "Tu sais déjà."

"Penses-tu que je pourrais..."

"Non, désolé. Les règles sont les règles. Les fans ne peuvent pas lui parler. Pas même à toi."

"Mais je travaille ici", a-t-elle réfuté.

"Tu es une fan aussi. Elle ne veut pas être dérangée. C'est pourquoi je livre ça personnellement."

Angie se leva et bloqua l'ascenseur. "J'ai travaillé très dur la semaine dernière pour installer toute l'équipe. J'ai aidé à installer toutes les pièces. Et quand Helga est arrivée plus tôt, je ne lui ai pas dit un mot."

« Vous rendez cela très difficile pour moi.

Elle cligna des yeux. "Je vais être sur mon meilleur comportement. S'il vous plaît?"

"C'est bon, chérie," dit-il à contrecœur, lui tendant les serviettes. « Promets-moi que tu ne lui demanderas pas d'autographe ou que tu ne la dérangeras pas.

Elle a pris les serviettes. "J'ai déjà votre autographe sur le reçu que vous avez signé plus tôt."

Sur ce, Angie se retourna joyeusement et se dirigea vers l'ascenseur. Le bouton pour aller au cinquième étage a été pressé à un rythme rapide.

CHAPITRE IV

Il frappa plusieurs fois à la porte avant d'avoir une réponse. La porte s'ouvrit et il y avait son idole. Les cheveux de l'actrice étaient encore humides d'une douche récente.

Il y a eu un moment de malaise quand Angie s'est retrouvée face à face avec son idole. Sa bouche s'ouvrit un peu et elle resta sans voix.

"Bonjour," dit Helga. Ces serviettes doivent être pour moi.

« Je... euh... ouais... je suppose qu'ils le sont.

Helga sourit, "Entrez. Je vais vous donner un pourboire."

"Est-ce que c'est autorisé ? Je veux dire, ça te dérange ?"

« Je t'ai invité, n'est-ce pas ?

"C'est Correct."

Angie entra dans la chambre d'hôtel et posa les serviettes sur une table à proximité. Pendant ce temps, Helga a cherché de l'argent dans son sac.

"Tu travailles ici?" demanda Helga. "Vous n'êtes pas vêtu d'un uniforme d'hôtel."

"Je ne suis pas officiellement un employé. Mon père est propriétaire de l'endroit. J'ai grandi en aidant aux petites tâches ou au travail de bureau."

« C'est logique. Je me demandais pourquoi une fille aussi jolie que toi se tenait en retrait toute la journée.

Angie rougit, "Je ne suis pas si jolie. Du moins pas comparée à toi."

"Ne sois pas si dur avec toi-même. Je pense que tu es très attirant."

Helga a remis à Angie un nouveau billet de 20 $, qu'Angie a essayé de refuser, mais l'actrice a insisté.

"Merci pour le compliment et le pourboire," dit Angie en acceptant l'argent.

« Dis-moi, qu'est-ce qu'une jolie fille comme toi fait à l'hôtel de son père ?

"Eh bien, j'ai récemment obtenu mon diplôme universitaire. Je cherche un emploi, mais en attendant, je reste ici et j'aide mon père."

Helga hocha la tête. "Charmant. Les parents sont très importants."

"Tellement vrai."

« Et habitez-vous dans cet immeuble comme votre père ?

"Oui. Hébergement gratuit."

"Ça va mieux. Cet endroit est magnifique. Tu es une petite dame chanceuse."

"Merci," sourit Angie.

« Qu'est-ce qu'il y a d'amusant à faire ici ? Est-ce que vous êtes assis toute la journée ? »

"J'utilise habituellement Internet ou j'écoute de la musique. Je suis aussi une grande télé et des films. J'aime regarder, vous savez, des trucs typiques pour les filles de mon âge."

Helga haussa un sourcil. "Quelque chose impliquant une certaine célébrité qui est juste en face de vous ?"

"Je suis une grande fan de toi", a déclaré Angie. "Désolé, j'ai promis à mon père que je n'en parlerais pas, mais c'est la vérité."

"Ça l'est?"

"Ouais. Désolé de ressembler à une fangirl . Je sais que tu ne veux pas être dérangé."

"D'accord", sourit l'actrice. "Ça ne me dérange pas de discuter avec mes fans inconditionnels. Surtout quand ils sont mignons comme toi."

Angie rougit à nouveau. "Merci. Si vous avez besoin de quoi que ce soit d'autre, faites-le moi savoir. Je ferais littéralement n'importe quoi pour vous. C'est comme un rêve devenu réalité pour moi."

Cette fois, le regard d'Helga s'est aiguisé alors qu'elle regardait la jeune et innocente Angie.

"N'importe quoi, hein ?"

"Oui."

"Vous savez, nous avons une équipe de tournage efficace ici. Mais nous pourrions toujours utiliser des mains supplémentaires. Êtes-vous intéressé par quelque chose comme ça?"

Les yeux d'Angie s'agrandirent. "Vraiment?"

"Oui sérieusement."

"Cela semble être une bonne affaire, mais je n'ai littéralement aucune expérience avec ce genre de choses. Je ne veux pas ruiner votre film avec ma présence maladroite."

"C'est absurde. Reviens dans ma chambre demain à 8h. Nous trouverons quelque chose. J'ai peut-être quelques idées pour toi."

Il y avait de la fermeté dans la voix de l'actrice. "Non" n'était pas une option. Ce que l'actrice voulait, elle l'a obtenu . Elle aimait Angie. Et c'était fait.

CHAPITRE V

Cette nuit. Angie avait tout expliqué à son père. Il était sceptique au début, se demandant si Angie s'en prenait à l'actrice. Mais elle a insisté sur le fait qu'elle ne l'avait pas fait.

Alors qu'elle était allongée dans son lit cette nuit-là, Angie ne pouvait penser qu'à son idole. C'était un rêve devenu réalité. Pas dans ses rêves les plus fous, elle n'aurait pas pu imaginer être aussi proche d'une célébrité célèbre.

Il pensa à la prochaine rencontre avec Helga et à ce que cela impliquerait. Aider à faire un vrai film ? D'aucune manière. Il pourrait être? Ouah.

Tout cela la rendait anxieuse. Il souhaitait pouvoir confier toute la situation à ses amis, mais c'était contre les règles.

Tout ce qu'il pouvait faire était d'attendre et de voir ce qu'Helga avait en tête.

CHAPITRE VI

Le lendemain matin. Angie s'est réveillée tôt et a soigné son apparence. Elle portait un peu de maquillage et ses cheveux étaient attachés en queue de cheval. Je ne voulais pas avoir l'air trop formel, mais je ne voulais pas non plus avoir l'air trop décontracté.

À 7 h 55, il a attendu au cinquième étage jusqu'à ce que l'heure soit venue, puis a frappé à la porte.

Helga était fraîchement lavée, vêtue d'une robe de soie fine, ses cheveux fraîchement séchés et son visage dépourvu de maquillage.

"Je suis tellement contente que vous ayez réussi", sourit l'actrice. "Avant."

Angie entra nerveusement dans la chambre de son idole. J'avais des papillons dans le ventre. Il a essayé d'agir avec désinvolture. Dans son fantasme le plus fou, elle espérait secrètement se lier d'amitié avec l'actrice.

"Tu sais, j'ai beaucoup pensé à toi", a déclaré l'actrice. "Je pense que vous êtes une personne dévouée et travailleuse. Et j'aime votre attitude. Les gens excentriques sont amusants à côtoyer."

"Cela signifie beaucoup. Je fais toujours de mon mieux."

"Je suis sérieux", a déclaré Helga. "Vous avez une touche personnelle dans tout ce que vous faites. Vous me faites sentir comme si j'étais un VIP."

Angie sourit, "Merci encore. De plus, c'est facile à faire puisque tu es littéralement une personne très importante."

« Avez-vous pensé à mon offre ?

"Certainement. J'aimerais aider de toutes les manières possibles."

Helga réfléchit un instant. « Pourquoi ne t'assieds-tu pas devant le miroir de courtoisie ? Laisse-moi te regarder attentivement. Nous en discuterons plus tard.

C'était une offre ferme, et Angie était ravie (bien qu'elle ait fait de son mieux pour cacher ses émotions). Elle s'assit devant la coiffeuse et se regarda dans le miroir. Helga se tenait derrière elle et elles se regardaient ensemble dans le miroir.

Helga passa ses mains dans les cheveux de la fille et détacha la queue de cheval.

"Vous avez de nombreuses qualités attrayantes", a souligné Helga. "Cheveux lisses. Peau lisse. Traits délicats du visage. Et j'aime aussi ta personnalité."

Angie rougit, "Tu es adorable."

"Qu'est-ce qu'une jolie fille comme toi fait coincée dans un hôtel toute la journée ? Tu n'as pas de rendez-vous ?"

"Pas en ce moment."

« Mais ton père t'autorise à amener des petits amis, n'est-ce pas ? demanda Helga.

"Bien sûr, ça ne le dérange pas. Mais ça fait un moment que je n'ai pas fait ça."

Helga a continué à caresser les cheveux de la fille. « Oh ? Et qu'est-ce que ça veut dire ? Je suis sûr que tu n'as aucun problème à trouver des petits amis. Donc il doit y avoir une autre raison.

"C'est compliqué. Je suppose que je suis encore en train de comprendre."

Angie a vu l'actrice sourire alors qu'elles se regardaient toutes les deux dans le miroir de courtoisie. C'était un sourire sournois qui correspondait au beau visage d'Helga.

"Je sais exactement ce que vous ressentez à cet âge", a déclaré l'actrice.

"Tu crois ?"

Helga a pris une brosse à cheveux et a commencé à brosser les cheveux de la fille.

"Bien sûr. Je suis un être humain, comme tout le monde. Et pour le dire franchement, beaucoup de femmes remettent en question leur sexualité à un moment donné. Il n'y a pas de quoi avoir honte."

Angie hocha lentement la tête. "C'est tellement bizarre de t'entendre dire ça. C'est facile d'oublier que les célébrités sont comme tout le monde."

L'actrice se pencha et approcha ses lèvres de l'oreille de la jeune fille.

"Notre secret," murmura Helga.

Angie sourit alors qu'ils se regardaient tous les deux dans le miroir. "Notre secret."

"En parlant de secrets," dit Helga, se levant pour brosser à nouveau les cheveux de la fille. « Parlons de mon film. Qu'en savez-vous ?

"Pas grand-chose. C'est juste que c'est un film d'horreur et l'équipe de tournage a ajouté un tas de vieux meubles pour donner à cet endroit un aspect vieux et rustique."

« Est-ce excitant pour vous ? »

"Oh ouais", a reconnu Angie. "J'aime les films."

« Avez-vous déjà vu Shining ?

"Dieu, oui. La scène 'tout fonctionne, pas de jeu' est l'une des meilleures scènes de l'histoire du cinéma, à mon humble avis. Dans l'ensemble, c'est un véritable chef-d'œuvre."

"Je suis contente que tu le penses," répondit Helga d'un ton amusé. "Parce que nous faisons quelque chose de similaire."

"Ça a l'air incroyable. Je n'ai aucun doute que ce sera génial."

"Je devrais être d'accord. Le Moreau veut faire quelque chose de similaire au film The Shining et Dracula de Coppola. C'est donc essentiellement un film d'horreur psychologique avec une forte connotation sexuelle."

Angie a accepté. "Je ne peux que répéter que cela semble absolument incroyable. J'ai toujours été un admirateur du travail de Le Moreau."

L'actrice posa le pinceau et posa ses mains sur les épaules de la jeune fille. Ils se regardèrent ensemble dans le miroir et regardèrent leurs reflets.

"Tu pourrais être mon assistant personnel pendant les prochaines semaines. On te confierait des tâches spéciales pour améliorer ma performance d'acteur pour ce rôle."

"Je suis sans voix," répondit Angie, presque les larmes aux yeux. "Si tu veux vraiment que je sois ton assistant, j'adorerais. Tu es le meilleur."

"Je ferai n'importe quoi pour quelqu'un, si cette personne fait quelque chose pour moi. Je vous dédommagerai également financièrement pour votre temps."

Angie se leva et fit un câlin à son idole. Ce fut une longue et tendre étreinte.

CHAPITRE VII

31

Angie a été invitée à signer un accord de confidentialité. C'était simple et obligeait Angie à garder tout confidentiel concernant ses interactions avec Helga.

Elle n'a eu aucun problème à le signer.

Pendant le reste de la journée, Angie a regardé Helga filmer certaines scènes. Le processus était fascinant. Il a fallu beaucoup de temps pour installer les caméras et l'éclairage. Chaque scène d'acteur devait être refaite plusieurs fois pour s'assurer qu'elle était parfaite.

Le père d' Angie n'était pas là. Il était trop occupé à gérer l'hôtel. De plus, il n'était pas très intéressé par le processus de tournage.

Mais pour Angie, ce fut une expérience fascinante.

CHAPITRE VIII

Le lendemain matin. La réunion privée était prévue à 6h30 au 3ème étage de l'hôtel. C'était la pièce où une partie du film a été tournée.

Quand Angie est arrivée, la porte était légèrement ouverte et Helga attendait.

"Bienvenue dans notre film", sourit Helga. "S'il vous plaît fermer la porte."

Angie entra et ferma la porte. Il regarda autour de lui et s'émerveilla de la façon dont la pièce avait été transformée.

Les deux femmes échangèrent des amabilités pour la matinée. C'était court et simple, et il y avait encore une légère timidité de la part d'Angie.

"Avez-vous aimé regarder le processus de réalisation du film ?" demanda Helga.

"C'était incroyable. J'aime vraiment regarder les images. Et je pense que vos talents d'acteur sont incroyables. Ça a été une vraie joie de vous regarder."

"Eh bien, je pense qu'il est enfin temps pour vous de remplir vos fonctions en tant qu'assistante."

Les yeux d'Angie s'illuminèrent. "Quelque chose de particulier dans ton esprit ?"

"Oui. C'est un film d'horreur avec une ambiance très érotique. Comme vous le savez , je prends le jeu très au sérieux. J'aime entrer dans le personnage avant le début du tournage, de cette façon, je suis beaucoup plus préparé. Surtout pour les scènes vraiment importantes .

"Cela a du sens."

"Dans quelques heures, nous tournerons de gros trucs. Mon personnage voit des images érotiques dans ses rêves. C'est la première fois que mon personnage vit cela, donc la scène doit avoir l'air forte et crédible."

"Comment je peux aider?" demanda Angie.

"J'ai besoin que tu m'aides à me mettre dans l'ambiance. Rien de graphique. Mais je veux que tu poses pour moi. Nue."

"Nu?"

Helga hocha la tête. "Dans la scène que nous allons bientôt tourner, mon personnage est dans un état de rêve et rencontre un esprit sous la forme d'une femme nue. C'est effrayant, mais c'est érotique."

"Je ne comprends pas. Je veux dire, est-ce vraiment nécessaire que je me déshabille ?"

"Eh bien, c'est comme ça que je me prépare pour les grandes scènes d'acteur", a déclaré Helga. "J'aime répéter un peu et comprendre les choses."

Angie était confuse et choquée. Son expression faciale resta vide pendant un moment alors qu'il essayait de rassembler ses pensées.

« Je... euh... c'est tellement bizarre.

L'actrice secoua la tête. « S'il vous plaît, asseyez-vous sur le lit. Je ne veux pas que vous vous sentiez bizarre. Je veux que vous vous sentiez à l'aise et détendu.

Les deux femmes étaient assises ensemble sur le lit. Ils se regardèrent dans les yeux et se retrouvèrent presque face à face.

« Puis-je vous raconter une histoire rapide ? » demanda Helga.

"Oui, bien sûr. N'importe quoi."

"Mon chemin vers la célébrité n'a pas été facile. Et rester célèbre est encore plus difficile. Quand j'étais une jeune star, j'avais tout. Les opportunités étaient partout. Les gens m'adoraient. J'étais la chose la plus importante à la télévision." .

Angie a écouté attentivement les souvenirs de son idole.

L'actrice a poursuivi : "Quand la série s'est finalement terminée, j'étais à un tournant de ma carrière. À l'époque, j'avais déjà 19 ans. J'étais connue pour être la lycéenne à la télé et du coup j'étais trop vieille pour jouer ces rôles. Je ne recevais plus les mêmes offres. J'avais peur que ma carrière dans le divertissement touche déjà à sa fin.

Il y avait une tension émotionnelle entre eux alors qu'Helga révélait son âme.

L'actrice a poursuivi : "Mais j'étais déterminée à réussir. J'ai embauché un nouveau manager et lui ai ordonné de me trouver des rôles d'adulte. Je voulais montrer au monde que j'étais une force. Je voulais faire des drames pour montrer mon talent d'actrice. , en tant qu'artiste. J'ai appelé les réalisateurs et les producteurs à de nombreuses reprises. Je me suis minutieusement préparé pour chaque audition.

Angie s'est accrochée à chaque mot prononcé par son idole.

L'actrice a poursuivi : "Ce que je veux dire, c'est que j'ai fait tout ce qu'il fallait pour réussir. Je me suis battue pour les meilleurs rôles. Quand j'ai eu un rôle dans un bon film, j'ai agi comme si ma vie était finie. Et les résultats parlent pour eux-mêmes." Je suis actuellement l'une des actrices les plus populaires au monde, quelle que soit la tranche d'âge."

"C'est une histoire tellement inspirante", a répondu Angie, les larmes aux yeux. "Vous êtes une source d'inspiration pour les femmes du monde entier. Vous êtes tellement talentueuse et incroyable."

"C'est l'éthique de travail dont vous avez besoin si vous voulez réussir."

Angie déglutit difficilement. « Est-ce que tu veux toujours que je... tu sais... »

"Je ne te force pas à faire quoi que ce soit. J'ai cependant besoin d'un assistant dédié. Si tu n'es pas à la hauteur de la tâche, je peux toujours trouver quelqu'un d'autre. Pas de rancune."

Angie prit une profonde inspiration. "Je le ferai. Tout ce dont vous avez besoin pour vous soutenir."

"Alors lève-toi et enlève ton haut."

Prenant une profonde inspiration, Angie se leva et regarda son idole, qui était toujours assise sur le lit, attendant, la regardant. Angie a enlevé son chemisier et a gardé son soutien-gorge et son pantalon.

« Tout mon haut ? » demanda Angie d'un ton timide.

"Il existe un problème?"

"Ne pas."

Elle tendit la main pour décrocher son soutien-gorge, le laissant tomber au sol. C'était difficile de mettre ses mains sur ses côtés, mais elle y parvint. Elle avait toujours été peu sûre de ses petits seins. Ils étaient minuscules avec des mamelons roses pointus. Ses mamelons se sont raidis à cause de l'exposition.

"Je pense que tes seins sont adorables", a souligné Helga. "Ne soyez pas nerveux".

"Merci."

Maintenant le reste.

"Tout?" demanda Angie.

Helga haussa à nouveau les sourcils. « A moins, bien sûr, que tu ne veuilles pas ?

Prenant une inspiration encore plus profonde, Angie se pencha pour retirer ses chaussures et ses chaussettes. Puis son pantalon. Enfin, sa culotte. Cela faisait un moment qu'elle n'avait pas coupé ses poils pubiens, ce qui la gênait un peu.

Angie était complètement nue de la tête aux pieds. Elle se sentait humiliée d'être nue devant son idole, cependant, elle sentait qu'elle servait un but important.

"Très jolie," dit Helga en regardant la fille. "Tu as un look particulier que je trouve attirant."

"Merci. J'aimerais pouvoir être sexy comme toi."

"Eh bien, tu pourrais essayer. Montre-moi quelque chose."

"Comme quoi ?"

"N'importe quoi," répondit Helga. "Rappelez-vous, mon personnage dans le film est dans un état de rêve. Et il a la vision d'un bel esprit nu. Alors, recréez quelque chose comme ça pour moi."

Angie se figea un instant. Puis elle balança ses hanches nues dans un mouvement sensuel, qui devait sembler idiot, pensa-t-elle. Cependant, cela fit sourire Helga.

"Il aime ça ?" demanda Angie.

« Ça ira. Tourne-toi. Montre-moi tes fesses.

Angie se retourna et montra ses fesses nues à l'actrice. Elle a ensuite continué à balancer ses hanches à nouveau.

"Joli cul," fit remarquer Helga. "De bons coups aussi."

« J'ai pris des cours de danse du ventre avec une amie, mais c'était il y a quelques années. Je suis un peu rouillé .

"Je peux le dire", a reconnu Helga. "Maintenant, selon le scénario , je vois l'esprit dans mes rêves, puis je la suis dans le couloir, puis dans les escaliers jusqu'à l'étage inférieur."

Il y avait un sérieux dans la voix de l'actrice, comme si elle s'attendait à ce que quelque chose se passe. Soudain, Angie redevint très consciente de sa nudité.

"Tu veux dire... tu veux que je..."

Helga hocha la tête. « Les répétitions sont très importantes pour moi. Tu ne veux pas que je fasse du bon travail pour ce film ?

"Bien sûr que oui."

« Sortez dans le couloir. Puis descendez. Je vous suivrai de près.

« Est-ce légal ? » Angie a demandé humblement.

"N'avez-vous pas prêté attention à tout ce que j'ai dit ? Le succès est une question de travail acharné et de dévouement. Je suis une célébrité internationale en raison de mon éthique de travail. Et j'attends de mes participants qu'ils fassent preuve du même niveau de dévouement."

Il y avait un sérieux chez l'actrice qui ne pouvait être nié. C'était un côté dominant qui n'avait jamais été montré au public. L'image publique familière d'Helga est révolue. Fini son comportement de bonne fille. C'était un aperçu de la vraie Helga.

Et Angie se sentait impuissante.

"Les gens ne sont généralement pas réveillés à ce moment-là. Mais nous pouvons nous débrouiller."

Helga sourit, "C'est l'attitude que j'aime entendre."

Les mains tremblantes, Angie se tourna vers la porte. Elle est devenue beaucoup plus consciente de sa propre nudité. Helga se leva et ouvrit la porte de la chambre. Il y avait un regard espiègle sur le visage de l'actrice, hochant la tête d'un air approbateur.

C'était l'heure. Angie savait exactement ce qu'il fallait faire. Et il était hors de question qu'il laisse tomber son idole.

Angie regarda dans le couloir. Il regarda des deux côtés pour s'assurer qu'il n'y avait personne. La pièce était vide. Angie a fait le grand pas et est entrée dans le couloir avec son corps nu.

Elle entendit la porte se refermer derrière elle alors qu'elle marchait. Helga la suivit. Ce fut une expérience déchirante alors qu'elle marchait nue dans l'allée. Son corps était rigide et ses poings serrés.

« Soyez plus détendu », a déclaré Helga en suivant la fille nue. "Le personnage spirituel féminin se déplace lentement et sensuellement. Rappelez-vous, elle est dans un rêve."

Angie prit une profonde inspiration et marcha plus lentement et plus sensuellement, bougeant ses hanches à chaque pas. Pendant ce temps, elle priait pour que personne ne la voie, surtout son père. C'était un moment terrifiant. Son cœur battait. Mais en même temps, ses mamelons se raidirent avec un puissant sentiment exhibitionniste.

Enfin, ils arrivèrent au bout du couloir. Grâce à Dieu. Mais le pire n'était pas passé. Pas encore. Elle monta les escaliers, ses pieds nus touchant le sol froid. Il descendit au deuxième étage.

Il ouvrit la porte du deuxième étage après avoir jeté un rapide coup d'œil. Le couloir du deuxième étage était vide. Dieu merci, encore une fois.

Angie entra dans le couloir, ne sachant pas jusqu'où aller. Elle a juste continué à marcher, nue, avec son idole juste derrière elle. Ce fut le moment le plus gênant et inhabituel de sa vie.

"Allons au spa," dit Helga. « Tu peux prendre un peignoir là-bas et nous pourrons parler un peu.

Après plusieurs longues et lentes étapes, ils atteignirent finalement la petite salle de spa à cet étage. Angie ouvrit la porte et ils entrèrent tous les deux. Elle poussa un soupir de soulagement que sa promenade nue soit enfin terminée.

"Vous avez été d'une grande aide dans ma préparation", a déclaré Helga. "Merci."

"De rien," répondit Angie d'une voix tremblante.

Angie a attrapé une serviette pour couvrir sa nudité, mais Helga a mis sa main durement sur la serviette, l'épinglant à la table. Ils étaient face à face.

« Comment vous sentez-vous ? » demanda Helga.

"Je ne sais pas," dit Angie en haussant les épaules. "Vulnérable, je suppose. C'était assez bizarre."

"Tu m'aimes?"

"C'était excitant, je suppose. Mon cœur bat la chamade comme un fou."

« C'est une bonne chose. Ça te fait te sentir vivant, n'est-ce pas ?

Angie a accepté. "Je suppose. Oui, tu as raison."

Helga se pencha en avant et embrassa la fille nue sur les lèvres. Angie n'a pas résisté. Comment pourrait-il résister à son idole ? C'était un baiser doux et amical.

Puis Helga se pencha et toucha les lèvres d'Angie. Il frotta doucement et le bout de son doigt pénétra, juste un peu.

"Tu es mouillé," fit remarquer Helga.

Angie rougit. "Ça vient de cette promenade. C'était tellement... Je ne sais pas comment le décrire."

"Ne t'en fais pas. Certains plaisirs ne se décrivent pas."

« Que se passe-t-il ensuite ? »

"Vous faites un travail formidable en tant que nouvel assistant. Mais ce tournage a des scènes plus importantes à tourner. Et j'aurai besoin de votre aide. Votre formation se poursuivra demain. Pour l'instant, vous pouvez utiliser la serviette."

Helga a laissé tomber la serviette et Angie l'a attrapée et l'a attachée autour de son corps. Il y avait un autre regard malicieux sur le visage d'Helga. Et Angie s'est demandé ce que l'actrice entendait par le mot "formation".

CHAPITRE IX

Quelques heures plus tard, un mannequin est arrivé sur le plateau vêtu d'une blouse blanche. Elle était jeune et belle. Il y avait des symboles étranges peints sur son visage pour le film. Au moment de commencer le tournage, le modèle s'est déshabillé et s'est mis nu sans vergogne. Son visage est resté inexpressif pendant le tournage.

Helga a donné une belle performance en tant qu'actrice. Ils ont fait quelques prises jusqu'à ce que le réalisateur soit satisfait. Une fois la scène terminée, l'équipe a applaudi Helga et le modèle nu.

Cette nuit-là, Angie se coucha en pensant aux événements de la journée. Marcher nue dans le couloir était la chose la plus étrange et la plus inhabituelle qu'elle ait jamais faite. Mais cela valait la peine. Son idole l'avait comblée de louanges. Et d'une manière étrange, tout semblait bien.

Angie a glissé une main dans sa culotte et a utilisé deux doigts pour frotter son clitoris. Il a continué à frotter jusqu'à ce qu'il atteigne le résultat souhaité.

CHAPITRE X

Tôt le matin. Au quatrième étage de l'hôtel, la productrice du film attendait.

La productrice du film était une grande femme à l'air sévère qui gardait une expression sans fioritures sur son visage. Elle était aussi une vision de la beauté mature. Son corps était voluptueux et sinueux aux bons endroits. Elle se déplaçait avec sophistication et grâce.

Après avoir frappé à la porte, la productrice l'ouvrit pour voir Angie attendre.

"C'est un plaisir de vous rencontrer officiellement," dit-il d'un ton sérieux.

Angie sourit, "De même."

Les deux femmes se serrèrent la main et Angie entra dans la chambre d'hôtel.

Ils ont échangé de petites conversations. La productrice ne tarit pas d'éloges sur le bel hôtel et le personnel formidable. Angie était reconnaissante d'être impliquée dans le film et a expliqué qu'elle était une grande fan du travail de la productrice.

« Helga a-t-elle expliqué la nature de notre rencontre privée ? demanda la productrice.

"Non, pas vraiment. Elle était un peu vague à ce sujet."

La productrice hocha la tête. "Comme vous le savez, Helga est une actrice très peu orthodoxe. Elle est incroyablement talentueuse et aime que les choses soient faites d'une manière particulière."

"Je me suis rendu compte."

"Je suis sûr que oui. Helga m'a parlé de tes règles nues hier matin. C'était très courageux de ta part."

Angie rougit, "Eh bien, ça a marché, n'est-ce pas?"

"Tu as raison. Helga a encore fait une excellente performance et j'ai l'intention de continuer comme ça."

"Vous semblez dédié à ce projet."

"Je le suis," dit-il sévèrement. "Je mets des millions de dollars dans ce film. Naturellement, il est dans mon intérêt de m'assurer que ce film soit un succès."

"Ça a beaucoup de sens," acquiesça Angie. "Je pense que tout le monde fait un travail incroyable. On dirait que ce film va être vraiment incroyable."

Son visage est resté sérieux. « Passons aux choses sérieuses, d'accord ?

"D'accord."

"Vous avez probablement remarqué qu'Helga a des goûts uniques."

"Comme quoi?"

Elle aiguisa son regard. « As-tu vraiment besoin que je te l'explique ?

"Je pense que j'ai compris," répondit doucement Angie.

"Bien. Maintenant, Helga a besoin de votre aide pour le tournage d'aujourd'hui. Et elle m'a demandé d'être votre instructeur. Savez-vous ce qu'est un fluffer ?"

Angie parut un instant perplexe. "Eh bien, la définition plaisante d'un ' fluffer ' est une personne qui travaille sur un plateau porno et qui garde les gens excités entre les prises ? Ce genre de fluffer ?"

"Vous auriez raison," dit-elle, son visage toujours sérieux. "Et c'est pour ça que nous aurons besoin de toi aujourd'hui."

"Je pense que je ne comprends pas".

"Helga a besoin d'un fluffeur . Je comprends que vous êtes à la hauteur de la tâche."

Angie se figea. "Un fluffer ? Pour un film d'horreur ?"

"Pour ce film en particulier, oui. Il y a un certain nombre de scènes érotiques ou nues et Helga a demandé l'aide d'un fluffer . Je veux dire, elle te veut pour le travail. Évidemment, tu seras payé pour tes devoirs."

Ce fut un tournant pour Angie. Ses responsabilités incluraient bientôt d'être une fanfaronnade pour son idole. Elle réfléchit rapidement. Le temps presse lorsque la productrice la regarde avec une expression aiguë.

"Je le ferai," dit fermement Angie.

« Et tu es sûr de ça ?

"Oui, je le suis. J'espère que ça l'est. Je n'ai jamais fait ce genre de chose auparavant. Et avec Helga- wow . Tout cela est si nouveau pour moi."

Le producteur hocha la tête. "Très bien. Si vous décidez de vous retirer, nous pouvons toujours trouver un autre fluffer ."

"Merci. J'espère que ça n'arrivera pas à ça."

"Maintenant, en ce qui concerne vos responsabilités, Helga m'a dit que vous êtes relativement inexpérimentée avec les femmes, n'est-ce pas ?"

"C'est correct."

« Mais tu es aussi du côté des curieux, n'est-ce pas ?

"Oui, c'est vrai," répondit Angie avec un peu d'embarras.

« Quel est votre niveau d'expérience avec les femmes ? »

"Principalement en train de sortir avec une ancienne colocataire. Et nous aimions nous toucher les seins. C'est tout."

"Alors tu n'as aucune expérience avec le vagin d'une autre femme ?" demanda sans ambages la productrice.

"Non. Juste le mien."

"C'est une compétence assez facile à apprendre. Surtout avec quelqu'un qui a des tendances bisexuelles comme toi."

Angie rougit, "C'est une façon bizarre de le dire. Mais je suis ouvert à l'apprentissage."

"Très bien. Maintenant, mettez-vous à genoux, jeune fille. Je vais vous donner un petit cours de fluffing ."

"À présent?"

« Dois-je trouver un autre fluffer pour Helga ?

"Non, non, non. Je le ferai."

Angie s'agenouilla et la productrice sculpturale se tenait devant elle. C'était une position intimidante. D'autant plus que la productrice était si autoritaire avec un visage si sévère.

La productrice a déboutonné sa jupe, dévoilant son vagin complètement nu. Il était rasé de près. Ses lèvres étaient épaisses et brun foncé. À l'intérieur, il y avait une humidité scintillante.

Angie n'avait jamais vu la chatte d'une autre femme de près auparavant et la vue l'excita instantanément. Elle a été étonnée par la chatte nue.

"Regardez bien", a déclaré la productrice en désignant sa propre région. "Clito, lèvres, ouverture. C'est aussi simple que ça. Helga aime particulièrement la stimulation clitoridienne."

"Moi aussi."

"Très bien. Tu sauras exactement quoi faire. Pourquoi ne pas toucher le mien ? Je serai ravi de te donner mon avis."

Angie tendit la main et toucha son clitoris avec le bout de son index. Elle le caressa doucement, presque intimidée en touchant une autre femme. Surtout une femme aussi sévère que l'était cette productrice.

"C'est vrai", a déclaré la productrice. « Un peu plus fort. Un peu plus rapide. N'en ayez pas peur. Il ne mord pas.

Angie a appuyé plus fort et l'a frotté dans un mouvement circulaire.

La productrice a ajouté : "Vous avez un excellent talent. Maintenant, votre langue."

"Voulez-vous que je le lèche?" demanda Angie, presque avec un sentiment d'excitation.

"S'il vous plaît, faites-le. C'est ce qu'Helga aime. C'est mon travail de veiller à son meilleur intérêt. Maintenant, commencez."

Angie lui tira la langue et lécha son clitoris avec le bout de sa langue. Elle a levé les yeux vers la productrice tout le temps. Alors que le bout de sa langue était sur le clitoris, elle a remarqué que la productrice changeait enfin d'expression faciale et montrait des signes de plaisir. Angie savait qu'elle faisait quelque chose de bien.

Puis Angie a déplacé sa langue autour du clitoris, faisant haleter la sévère productrice.

"Excellent. Mon Dieu. Helga sera très contente plus tard."

"Je suis contente," dit Angie, retirant brièvement sa langue.

Comme une bonne fille, Angie a remis sa langue sur son clitoris.

« Mon Dieu. Voulez-vous me rendre service et continuer jusqu'à ce que j'aie fini ? Je vais vous donner des instructions. J'ajouterai un bonus à votre paiement final. D'accord ? »

"Hmmmm ."

Angie a léché son clitoris, puis a appuyé toute sa bouche sur sa chatte, faisant haleter la productrice.

CHAPITRE XI

Plus tard dans la matinée. Le tournage devait reprendre au troisième étage. La salle était bondée de monde alors que l'équipe de tournage installait les lumières et la caméra.

Helga portait une chemise de nuit. C'était la tenue dont j'avais besoin pour cette scène. L'actrice a passé quelques instants à parler au réalisateur du tournage. Quand ils ont fini, l'actrice a fait un clin d'œil à Angie.

« La productrice vous a-t-elle appris tout ce que vous devez savoir ? demanda Helga.

"Tout et plus ."

"Tu es nerveuse?"

"Certainement," admit Angie. "Je veux dire, est-ce que tout le monde va me regarder bouffer ? Ou est-ce qu'on peut le faire dans une autre pièce ?"

"Est-ce que ça importe?"

« C'est un peu humiliant pour moi, tu ne trouves pas ?

Helga a montré son sourire espiègle caractéristique. C'était presque comme si l'actrice appréciait l'humiliation ressentie par Angie. Et elle n'essaya pas de le cacher.

"Malheureusement, ça doit être dans cette pièce", a déclaré l'actrice. "Je serai allongé dans mon lit. La caméra sera focalisée sur mon visage. L'idée est que je ferai un rêve coquin de cet esprit nu. Pour transmettre correctement ces émotions, je devrai être adouci."

Angie a accepté. « Alors tu veux que je t'attendrisse, dans cette salle pleine de monde, pendant que la caméra tourne ?

Helga hocha la tête. "Exactement."

"D'accord. Mon Dieu. Wow. C'est plutôt embarrassant."

"Ne soyez pas gêné. Vous êtes sur un plateau de tournage professionnel. Pensez au nombre de scènes de nu que cette équipe a tournées. Croyez-moi, c'est beaucoup."

"C'est une pensée réconfortante. Mais quand même, tu sais..."

Helga réfléchit un instant. « Tu peux te cacher sous ma couverture. Je suis censé dormir dans mon lit de toute façon.

"Merci. Cela semble faisable."

« Mets-toi juste sous la couverture et réchauffe-moi jusqu'à ce que le directeur dise coupe. Fais de ton mieux.

"Compris," dit Angie avec un léger sentiment d'excitation.

"Êtes-vous excité à ce sujet?"

"C'est intéressant," dit Angie d'un ton plus passif.

« Sois honnête avec moi, Angie. J'ai toujours été extrêmement honnête avec toi.

Angie haussa les épaules et sourit ironiquement. "Je peux honnêtement dire que je suis excité. J'apprécie l'expérience d'être sur un plateau de cinéma. Tu es vraiment belle aussi."

« Es-tu attiré par moi ?

Angie rougit. "Qui ne l'est pas ?"

Le directeur est venu et a dit à l'équipe de se préparer. Le tournage était sur le point de commencer. Il a donné les dernières instructions à tout le monde et a dit à Helga d'aller se coucher.

Mais avant qu'Helga ne se couche pour la scène, elle a brièvement rapproché sa bouche de l'oreille d'Angie.

"Je suis tellement contente que cela se produise", a chuchoté Helga. "Je voulais que tu me bouffes la chatte depuis le jour où nous nous sommes rencontrés."

Se mettant à sa place, l'actrice lui fit un clin d'œil et sourit en s'allongeant sur le lit. Elle couvrit sa poitrine avec la couverture et fit semblant de dormir.

Angie était perplexe. Dans le bon sens. C'était un commentaire surprenant de son idole. Et cela ne faisait que la motiver davantage. Alors que le réalisateur préparait le terrain, Angie s'est glissée sous la couverture et ne pouvait couvrir que la moitié supérieure de son corps.

« Ô action ! » cria le directeur.

Sous la couverture, il faisait noir. Angie a dû tâtonner. Le temps était compté car la caméra tournait. Elle a essayé d'être aussi calme et subtile que possible. Elle fit courir ses mains sur les jambes d'Helga. Elle a remonté la chemise de nuit. Et voilà. La chatte exposée de son idole. Helga. La femme qu'il adorait.

Ses mains touchèrent la chatte nue d'Helga dans l'obscurité de la couverture. Il était rasé de près. Probablement ciré. Il sentit tout et toucha les lèvres d'Helga. C'était lisse et fin. Il goûta un peu et sentit qu'Helga était mouillée.

Angie pencha la tête en avant et planta des baisers sur sa chatte.

« Un peu plus d'action, s'il vous plaît », a déclaré le réalisateur, comme s'il n'était pas impressionné. "J'ai besoin d'expressions faciales, ou cette scène ressemble à de la merde totale."

C'était un signal pour Angie de se mettre au travail. Pas de préliminaires. Du moins pas à l'heure actuelle. Merde, pensa-t-il. Angie voulait des préliminaires.

Cependant, elle se sentait honorée d'avoir une opportunité aussi spéciale. Elle pressa sa bouche contre la chatte d'Helga et sentit immédiatement les jambes de l'actrice se serrer (très légèrement). Quoi qu'il fasse, ça marche. Angie pressa fortement sa bouche contre ses lèvres. Sa langue lécha de haut en bas. En haut et en bas. Elle lécha les lèvres et l'intérieur. De temps en temps, il passait sa langue sur son clitoris. Ça avait le goût du paradis. Ce n'était que la deuxième fois qu'Angie goûtait à la chatte, et heureusement pour elle, c'était la chatte d'une superstar hollywoodienne.

Les jambes de l'actrice tremblaient un peu. Quoi qu'Angie ait fait avec sa bouche, ça a marché. Et c'était délicieux.

« Anne , coupe ! » cria le directeur.

Un sentiment de déception envahit Angie. Je voulais essayer plus. Avant tout, il voulait faire jouir son idole.

À sa grande surprise, Helga a jeté la couverture. Toute l'équipe de tournage a vu Angie avec sa bouche pleine de chatte. Angie parut perplexe et bougea rapidement sa bouche.

« Le décor est planté », sourit Helga.

Angie se redressa avec du liquide autour des lèvres. « Oh... euh... super.

"Mais je n'ai pas encore fini. J'ai tellement besoin de jouir. Occupe-toi de ça pour moi."

Les yeux balayant la pièce, Angie vit les membres amusés de l'équipe les regarder, voulant voir ce qui allait se passer ensuite.

« Pouvons-nous faire ça plus tard ? Je veux dire, en privé.

Helga se pencha et entrouvrit les lèvres. "À présent."

Certains membres de l'équipe de tournage ont commencé à démonter les lumières et la caméra. D'autres se tenaient debout. D'autres se sont préparés pour le coup suivant. Angie se sentait incroyablement gênée avec sa chatte devant son visage.

"À présent?"

Helga hocha la tête. "J'adore être exhibitionniste."

Après une profonde inspiration, Angie baissa la tête et plaça sa bouche sur sa chatte une fois de plus. Cette fois, la couverture n'était pas là pour le couvrir. Cette fois, c'était à l'extérieur, à la vue de toute l'équipe de tournage.

Elle ferma les yeux, craignant que les gens regardent. Qui ne voudrait pas voir la célèbre Helga se faire dévorer par la nouvelle assistante ?

C'était une pensée terrifiante pour Angie. Mais d'une manière bizarre et exhibitionniste, c'était excitant. Surtout, il était heureux d'avoir au moins un avant-goût de la chatte magique d' Helga une fois de plus. Elle lécha sa langue docilement. Coups de haut en bas. Comme le souhaitait l'actrice.

"Regardez-moi," dit Helga.

Angie ouvrit les yeux pour voir le visage lubrique de son idole. Du coin de l'œil, il a également remarqué que plusieurs membres de l'équipe de tournage regardaient. C'était humiliant, mais excitant.

"J'y suis presque," gémit Helga. "Si proche. Ne t'arrête pas."

Avec une nouvelle intensité, Angie lécha sa langue encore plus fort. Son but était de plaire à son idole. Et elle était prête à le faire, même devant l'équipe de tournage. Le but était presque atteint quand Helga continua à gémir sans vergogne.

"Tirez votre langue plus loin", gémit l'actrice. "Mon Dieu..."

Angie a continué à lécher rapidement pendant qu'Helga tenait fermement sa tête, se frottant les cheveux dans le processus. L'actrice gémissait et gémissait.

L'actrice gémit bruyamment et la bouche d'Angie fut soudainement remplie d'un orgasme alors qu'Helga jouissait. C'était un orgasme chaud et humide. Assez chaud pour faire frissonner la célèbre actrice.

"Mon Dieu," soupira Helga. "La productrice était une bonne enseignante. Ou peut-être êtes-vous naturelle."

Angie se redressa et essuya le liquide de ses lèvres avec le dos de sa main. Il regarda autour de lui pour voir l' équipe retourner au travail après que certains d'entre eux aient regardé. C'était embarrassant, mais il essaya de ne pas s'en soucier.

"Qu'est-ce que je peux dire? Je suis un plaisir pour les gens," rougit Angie.

"Je sais. Et c'est ce que j'aime chez toi."

L'actrice a baissé sa robe pour couvrir sa chatte nouvellement satisfaite. Elle sourit, se leva et se prépara pour la scène suivante.

CHAPITRE XII

Plus tard cette nuit. Angie était allongée dans son lit en se souvenant des événements de la journée. Il rejouait tout dans sa tête avec précision.

Elle s'imagina en train de lécher à nouveau la chatte de la productrice. Elle a alors imaginé donner à Helga une fellation complète pendant qu'une équipe de tournage pouvait regarder.

La veille, elle était vierge lesbienne. Mais alors qu'il était allongé dans son lit cette nuit-là, il avait déjà de l'expérience avec deux belles femmes. L'un d'eux était son idole.

Angie a apporté deux doigts à son clitoris et l'a frotté. La sensation de goûter la chatte d'Helga devant tout le monde était intense. C'était un puissant sentiment de désir sexuel, de luxure et d'humiliation.

Elle a frotté et frotté. Alors qu'elle continuait à se toucher, elle se demanda ce qu'Helga avait prévu ensuite. Ils avaient une autre réunion privée prévue pour le lendemain matin. Oh les possibilités, pensa-t-il.

Il voulait désespérément manger à nouveau la chatte d'Helga. S'il avait de la chance, peut-être qu'Helga lui rendrait la pareille. Mais c'était trop espérer, étant donné l'énorme statut de célébrité d'Helga. Mais une fille peut encore rêver, non ?

Et c'est à ce moment qu'elle est arrivée...

CHAPITRE XIII

Tôt le lendemain matin. Angie monta au cinquième étage pour voir Helga.

L'actrice avait l'air fraîchement sortie de la douche. Ses cheveux étaient relevés et son visage maquillé, même s'il était tôt. Elle portait une robe de soie et était pieds nus. Ils échangèrent de petites conversations et des plaisanteries pour la matinée. Mais quand Helga a arqué un de ses sourcils, il était temps de passer aux choses sérieuses.

"Tu te débrouilles bien en tant que nouvelle assistante", a déclaré Helga. "Je suis content. Peu de femmes peuvent accomplir les tâches."

« Flatteur à entendre. Merci.

"Je devrais être le seul à te remercier. Le réalisateur m'a montré toutes les photos que nous avons prises jusqu'à présent et mon jeu est superbe. Je te dois tout."

Angie rougit, "Non. Je ne peux pas m'attribuer le mérite de ton talent. Tu es incroyable dans tous les films dans lesquels tu as été."

"Mais dans ces films, je compte souvent sur une assistante spéciale. Surtout pour les rôles érotiques. Maintenant, je te fais confiance."

"Je me sens très honoré. Je ne sais pas quoi dire d'autre."

"Angie, je vais enlever mon peignoir et je veux ton opinion honnête. Est-ce que ça va ?"

Elle hocha lentement la tête. "D'accord."

L'actrice a laissé tomber son peignoir pour dévoiler un corset noir. Cela a laissé sa chatte exposée, ainsi que ses beaux seins et ses petits mamelons bruns. Il y avait une expression de confiance sensuelle sur son visage.

La mâchoire d'Angie tomba et elle resta sans voix.

"Bien, qu'en pensez-vous ?" demanda Helga.

« Tu as l'air... vraiment sexy. Je veux dire, vraiment sexy. C'est pour la séance photo d'aujourd'hui ?

"Non. C'est strictement pour toi."

Angie parut perplexe. "Pour moi ?"

L'actrice a ouvert un tiroir à proximité et en a sorti un gode ceinture.

"Angie, je vais te baiser avec ça."

Elle déglutit difficilement. "Vraiment ?"

"Oui, vraiment. Je suppose que tu n'es pas vierge."

"Non, je ne le suis pas."

"Ce sera presque la même chose", a expliqué Helga. "Mais au lieu d'une bite, tu sentiras ma bite, qui est ce gode. Je pense que tu vas l'aimer."

"J'ai rêvé de te lécher encore."

Helga éclata de rire. "C'est pourquoi j'aime mes fans. Je serai là pour les 3 prochaines semaines. Croyez-moi, vous aurez tout le temps de me lécher la chatte. Et ma femme productrice veut aussi se faire lécher à nouveau. Vous avez une bouche talentueuse ." Mais pour l'instant, je veux te baiser."

Il regarda son idole placer la sangle autour de son entrejambe. Le gode pointe vers l'avant. Angie déglutit difficilement. Et elle se sentait excitée. Quoi qu'il arrive, Angie était déterminée à en profiter. Sa chatte était prête. Il y avait une sensation de picotement entre ses jambes et ses mamelons durcis.

"Je ferai tout ce que tu voudras," dit Angie. "Je suis là pour toi."

Helga sourit, "Je sais que tu le feras. Maintenant mets-toi nue."

N'ayant besoin d'aucune autre instruction, Angie a commencé à enlever ses vêtements. Elle était vêtue d'un costume simple. Chaque vêtement a été retiré et jeté au sol.

C'était excitant de se déshabiller à nouveau devant Helga. C'était plus facile car Helga l'avait déjà vue nue. Et cette fois, Angie n'a pas eu à marcher dans l'allée. Ils ne resteraient que dans l'intimité de la chambre d'hôtel.

Une fois qu'Angie fut nue, elle se redressa et permit à son idole de bien la regarder.

"Va à la fenêtre," ordonna Helga.

Angie se dirigea vers la fenêtre de la chambre d'hôtel. Les rideaux étaient ouverts. La rue montrait des signes de vie alors que les gens commençaient à se rendre au travail pour la journée.

"Mettez vos mains sur le mur", a déclaré Helga. « Penche-toi. Mais reste près de la fenêtre. J'ai l'impression que tu es un clignotant secret.

Clara obéit. Il se pencha, posa ses mains sur le mur, mais resta près de la fenêtre.

Ses jambes étaient largement écartées et elle sentit soudain la langue d'Helga courir le long de sa chatte. C'était la première fois qu'une femme se léchait la chatte. Et c'était Helga. La Helga. La grande célébrité. Son idole était en train de lui lécher la chatte !

C'était plusieurs longs coups de langue. La langue d' Helga est entrée dans le trou et a tourbillonné. Angie souhaitait que ce sentiment puisse durer éternellement, mais bien sûr, ce ne serait pas le cas. C'était juste pour la lubrification naturelle. Une fois que la chatte d'Angie était assez humide (et assez chaude), Helga s'est arrêtée.

Puis Angie sentit ses lèvres vaginales s'écarter et le bout du jouet sexuel dur fut placé entre ses lèvres vaginales.

"Vous devriez être heureux à ce sujet", a déclaré Helga. "Je fais de toi une femme."

Sur ce, l'actrice a poussé et le jouet sexuel est entré dans la chatte d'Angie. Il est entré d'un seul coup. Soudain, le trou serré d'Angie était étiré sur l'ordre de son idole.

"Oh mon Dieu," haleta Angie. "Oh mon Dieu."

Le gode a été retiré, puis il y a eu une autre poussée. Une poussée plus dure.

« Regarde dehors. Garde les yeux sur la rue.

Angie regarda par la fenêtre alors qu'Helga frappait plus fort et plus vite. Elle a pleuré à cause de la sensation intense dans sa chatte. Elle était également submergée par la sensation exhibitionniste d'être revendiquée devant une fenêtre. Elle n'était qu'à 5 étages et la célèbre Helga la baisait.

Elle a pleuré et pleuré.

"C'est ça," dit Helga. "Imaginez être observé par tous ces gens qui travaillent dur. Imaginez qu'ils sachent que je les possède. Ils sauraient que vous êtes mon soumis ."

Ces mots envoyèrent un frisson dans la colonne vertébrale d'Angie alors que sa chatte était étirée par le jouet sexuel. Ses orteils agrippaient le sol et ses mains se pressaient fortement contre le mur.

Helga a utilisé une main pour pincer le mamelon rose délicat d'Angie et une autre main pour frotter le clitoris douloureux d'Angie.

C'était l'extase sexuelle complète dans les sens physiques et mentaux d'Angie. Le bon. Le genre qui induit l'orgasme.

"Mon con !" Clara a pleuré. "Oh mon Dieu ! Mon con ! Ce... ce..."

Helga a baisé plus fort. Il pinça plus fort le mamelon rose d'Angie. Et a frotté le clitoris d'Angie encore plus vite.

"Laisse-le sortir, Angie. Laisse-le sortir. C'est bon."

C'était un orgasme qu'Angie n'oublierait jamais. Un flot de fluides coula le long de ses jambes et sur le tapis. Ses muscles se contractèrent et il lutta pour rester debout. Sa bouche s'ouvrit et son cœur battait rapidement.

Lorsque l'orgasme fut terminé, Helga cessa de pousser et se retira.

"Tourne-toi," dit Helga. "A genoux."

Angie a utilisé l'énergie qui lui restait pour obéir. Elle s'est mise à genoux.

"Lèche-moi propre", a déclaré Helga, bougeant ses hanches pour secouer le jouet sexuel. "Vous avez fait un gâchis. Maintenant, nettoyez-le."

Angie a commencé au sommet. Elle lécha le jouet sexuel, le suça, goûta ses propres sécrétions vaginales. Il a ensuite embrassé et léché les cuisses d'Helga. Puis ses mollets. Puis le dessus de ses pieds.

"Lève-toi," dit Helga.

L'actrice a détaché la ceinture et l'a jetée.

Lorsque les deux femmes furent face à face, Helga s'approcha de la jeune fille et l'embrassa sur les lèvres. Ils ont échangé le goût des fluides orgasmiques d'Angie dans la bouche de l'autre. C'était un baiser de langue passionné et énergique.

Bien qu'Angie soit sexuellement épuisée, le baiser l'avait ramenée à la vie.

"Tu es ma soumise pour les prochaines semaines", a déclaré Helga. "Tout ce que je veux, tu le feras. En retour, je te promets les meilleurs orgasmes que tu n'auras jamais. Est-ce clair ?"

Angie hocha la tête et sourit. "Elle était à toi depuis le premier jour où nous nous sommes rencontrés."

Ils ont continué leur étreinte. Leurs bras s'enroulèrent l'un autour de l'autre et ils continuèrent à s'embrasser sur les lèvres.

FIN